L'ÉTRANGE VOISIN
DE DOMINIQUE

Jean Gervais

L'Étrange Voisin de Dominique

Illustrations de Claudette Castilloux

Boréal  Jeunesse

Les Éditions du Boréal remercient le Conseil des Arts du Canada ainsi que le ministère
du Patrimoine canadien et la SODEC pour leur soutien financier.

Collection dirigée par Danielle Marcotte

Illustrations : Claudette Castilloux

Diffusion au Canada : Dimedia
Distribution et diffusion en Europe : les Éditions du Seuil

Données de catalogage avant publication (Canada)
Gervais, Jean, 1946-
    L'Étrange Voisin de Dominique
    (Dominique)
    Pour les jeunes du niveau primaire.
    ISBN 2-89052-255-5

    1. Violence envers les enfants – Ouvrages pour la jeunesse. 2. Enfants maltraités – Ouvrages
pour la jeunesse. I. Castilloux, Claudette. II. Titre. III. Collection.

RC560.C46G47   1989   J362.7'044   C88-096431-6

À Danielle...

... Marc-André, Benoit, François, Cathou, Nicolas, Francis, Mélanie, Guillaume, Vincent, Julien, Mélissa, Marie-Andrée, Annie, Nathalie, Anouk, Jean-François, Emmanuel, Élizabeth, Esther, Julie, Marc-Antoine...

C'est le printemps.
Mathieu est très fier de sortir sa
nouvelle bicyclette.
— Hé! Attends-moi, lui crie Dominique.
Mais son ami Mathieu est déjà loin
et ne l'entend plus.
Cette vieille bécane est de plus en
plus rouillée, pense Dominique en
regardant la roue arrière de sa
bicyclette qui ne veut plus tourner.
Mathieu, lui, a toujours des choses
neuves.

— Salut Dominique! As-tu encore des problèmes avec ta bicyclette?

Monsieur Dubois est un voisin. Dominique le trouve très gentil.

— Ah! Bonjour monsieur Dubois! Je pense que c'est la chaîne qui bloque.
— Montre-moi ça. Je vais voir si je peux faire quelque chose...
Tiens! Ça devrait tenir un bout de temps.
Mais viens me voir au garage, si tu veux. On va l'arranger pour de bon.

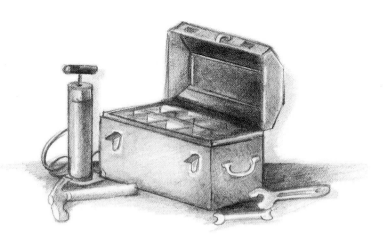

Monsieur Dubois connaît toutes sortes de trucs pour régler les problèmes, songe Dominique en tentant de retrouver son ami.
Et puis, ce n'est pas comme papa. Il a beaucoup d'outils.

Les parents de Dominique aiment beaucoup monsieur Dubois eux aussi. Ils disent qu'il est toujours prêt à rendre service.

Le soir même, Dominique se rend
chez monsieur Dubois.
Il aime le regarder travailler dans son
garage.
— J'aimerais être aussi habile, pense-t-il.
Je me construirais une voiture qui
épaterait mes amis et j'irais plus vite
que Mathieu.

Monsieur Dubois offre une boisson gazeuse à Dominique.
Dominique hésite. Il n'en boit presque jamais à la maison.
— Ce n'est pas bon pour les dents, affirment ses parents.

— Pour une fois, ce n'est pas bien grave, assure monsieur Dubois.
Et puis, tu n'es pas obligé d'en parler à tes parents…
Ça y est, j'ai fini! Ça devrait aller maintenant.

— Il est bien votre garage. J'aimerais avoir beaucoup d'outils. Je pourrais travailler comme vous, dit Dominique.

— Alors, reviens me voir quand tu veux. Je vais t'apprendre, propose monsieur Dubois en souriant.

— C'est vrai? Vous pourriez m'aider à construire une voiture?

— Certainement, dit monsieur Dubois en lui passant la main dans les cheveux.

— Tu n'as pas fini de déranger ce bon monsieur Dubois? remarque la maman de Dominique en voyant rentrer son fils.

— Je ne le dérange pas, répond Dominique. Monsieur Dubois est mon ami.

Dominique ne le dit plus maintenant quand il va chez monsieur Dubois.

Dominique a commencé à construire
une voiture avec monsieur Dubois.
Un super bolide qui va épater
Mathieu!
Il a très hâte de lui montrer.
Mais il veut garder la surprise.

— Tu viens jouer au parc, Dominique?
demande Mathieu au téléphone.
— Pas aujourd'hui, répond
Dominique. Je suis occupé.

— Pourquoi refuses-tu d'aller jouer avec ton ami? s'étonne la mère de Dominique.

Dominique ne répond pas. Il est déjà parti.

Monsieur Dubois avait dit:
— Viens à sept heures samedi! J'ai une surprise pour toi.

Curieux, Dominique est à l'heure au rendez-vous.
Dans le garage, monsieur Dubois lui montre fièrement les roues qu'il a achetées pour la voiture.

— Elles sont magnifiques! s'exclame Dominique.

Monsieur Dubois s'approche de lui et
le prend dans ses bras.
Il le serre très fort. Dominique est tout
étonné.
Monsieur Dubois lui donne un baiser
sur la bouche.
Un drôle de baiser avec la langue qui
laisse Dominique tout bizarre.

En retournant à la maison, Dominique
est inquiet.
C'est une façon d'embrasser qu'il ne
connaissait pas.
Bah! ce n'est pas grave, se dit-il.
Monsieur Dubois est mon ami.

— À quoi songes-tu! demande la maman de Dominique au déjeuner.
— À rien.
— J'ai trouvé que tu rentrais bien tard, hier soir. Tu es sûr que tu ne déranges pas monsieur Dubois?

Je ne dois rien dire, pense Dominique. Ce qui se passe dans le garage, c'est notre secret, a dit monsieur Dubois.

Ce soir-là, monsieur Dubois est venu prendre un café à la maison.
Le papa et la maman de Dominique ont raconté des blagues et joué aux cartes très tard avec lui.

Au moment où Dominique montait se
coucher, monsieur Dubois a dit:
— Bonne nuit. Tu viens me voir
demain?

Et puis les jours passent.
Dominique a presque terminé
sa voiture.
Chaque fois, monsieur Dubois lui fait
des caresses qui laissent Dominique
dans un drôle d'état.
Un jour, il a mis la main dans le
pantalon de Dominique.
Dominique ne savait plus quoi dire!

— On a des jeux spéciaux, explique
monsieur Dubois. Il ne faut jamais en
parler, c'est notre secret. Des amis ont
toujours des secrets.

Maintenant, Dominique met du temps
à s'endormir le soir.
Il se pose beaucoup de questions.
Il n'est plus certain d'avoir envie de
retourner chez monsieur Dubois.
Il se demande s'il doit parler à ses
parents des secrets avec monsieur Dubois.
Mathieu ne téléphone plus maintenant
pour jouer dans la rue ou se balader
à bicyclette.
Peut-être n'est-il plus mon ami, songe
tristement Dominique.

— Qu'est-ce qui se passe, Dominique?
Ça fait deux jours que tu restes
enfermé dans la maison, demande
sa mère. T'es-tu disputé avec Mathieu?

Dominique ne répond pas.

Dominique a fait une grosse crise
au souper.
Ses parents l'ont envoyé réfléchir
dans sa chambre.
Dominique pleure sur son lit.
Il est très malheureux.

Sa maman est venue le voir.

— Je ne te reconnais plus depuis le début des vacances. Tu ne nous parles plus. Tes amis ne t'appellent plus et tu fais de grosses colères. Est-ce que monsieur Dubois est fâché contre toi?

— Non, on fait une voiture.

— Alors, ça ne te tente plus, la
voiture?
— Tu ne seras pas contente. Je prends
des boissons gazeuses.
— C'est ça qui t'inquiète? dit sa mère.
Alors Dominique se met à pleurer.
Il est tellement malheureux qu'il
pleurerait des jours et des jours.
Il pense qu'il n'aime même plus cette
voiture.

Et puis, Dominique parle à sa mère de
monsieur Dubois.
Il parle des jeux secrets qui le laissent
tout drôle.
Il a peur d'être puni. Il pense que sa
mère ne le croira pas.

— Mais oui, bien sûr que je te crois.
Tu as bien fait de m'en parler.
Ne t'en fais pas, Dominique. On va
arranger ça.

Au coucher, Dominique entend ses parents parler très fort.

— C'est sa faute, aussi. Il est toujours chez lui. Il cherche les problèmes !

Dans son lit, Dominique pense à monsieur Dubois qu'il aime beaucoup. Il est triste.
Il a l'impression d'avoir trahi son ami.
Maintenant ses parents parlent tout bas.
Dominique n'entend plus rien.
Il a encore peur d'être puni, mais il se sent soulagé.

Au déjeuner, son père et sa mère ont
l'air plus calmes.
Son père propose d'aller au parc.
Il dit que ce qui s'est passé n'est pas
la faute de Dominique.
Il dit aussi qu'il a bien fait d'en parler
à sa mère.
Quand on est mal avec un secret,
il faut en parler avec ses parents ou
avec un ami.

Son père explique aussi que ce que
fait monsieur Dubois, c'est mal.
C'est comme voler. On ne doit pas le
laisser faire.
Personne n'a le droit de voler une
autre personne.

Le soir même, les parents de
Dominique sont allés rencontrer
monsieur Dubois.
Dominique ne l'a jamais revu.

Dominique a retrouvé son ami
Mathieu.
Ils ont repris leurs courses à bicyclette
dans le quartier.
Ils ont même commencé à construire
une boîte à savon ensemble.

MOT AUX PARENTS

Deux enfants sur cinq vivent une histoire semblable à celle de Dominique. La plupart n'en parleront pas à leurs parents parce qu'on ne leur a pas appris à le faire. Un des objectifs de cette histoire est de sensibiliser les enfants à ce problème. En ce domaine, l'information reste la meilleure des préventions.

Le fait pour un enfant de pouvoir parler à un parent ou à un autre éducateur fait bien souvent la différence entre une fâcheuse mésaventure et une expérience désastreuse laissant des séquelles importantes sur le plan psychologique.

Les adultes pervers, responsables des tristes statistiques évoquées plus haut, ont pour cible l'enfant naïf, mal renseigné, qui a appris à se soumettre à l'adulte gentil auquel ses parents font confiance. En effet, contrairement à la croyance populaire, la majorité des adultes qui sollicitent les enfants à des activités sexuelles sont, comme monsieur Dubois, connus des parents et entretiennent avec eux de bonnes relations.

Existe-t-il des signes sûrs qui permettent aux parents de déceler si leur enfant est victime de pareille mésaventure? Malheureusement non. Toutefois, certains indices tels l'isolement, l'éloignement des amis, les cauchemars ou les interrogations constantes d'un enfant à propos d'un adulte de son entourage devraient alerter les parents. Il n'existe pas, cependant, de critères absolus. L'attention des parents aux réactions et à l'évolution de leur enfant, un dialogue fréquent avec lui constituent la meilleure source d'information sur ce qu'il vit.

Même si l'enfant informé est mieux protégé, il n'est pas pour autant tout à fait à l'abri de telles expériences. Que faire, donc, s'il en parle?

D'abord et avant tout être conscients que notre attitude, comme parents ou comme éducateurs, peut être déterminante pour le développement affectif de l'enfant. Il convient donc:
• de faire confiance à l'enfant;
• de ne pas chercher à le tenir responsable de ce qui s'est produit;
• d'éviter de le confronter à l'adulte en cause.

La culpabilité d'un enfant qui a l'impression d'être responsable du comportement de l'adulte est fréquemment source de graves perturbations psychologiques. Il en va de même du sentiment d'être irrémédiablement sali que peut transmettre à l'enfant le parent qui ne parvient pas à contenir ses émotions. Colère et propos vengeurs, lorsqu'ils sont exprimés devant l'enfant, alimentent chez lui la peur et la crainte de représailles.

L'enfant apprend à travers des expériences heureuses avec les adultes à faire confiance à la vie. Les expériences malheureuses ont évidemment le résultat inverse. Elles sont source d'inquiétude et de méfiance. Un enfant n'a pas tort de faire confiance à un adulte en qui ses parents ont confiance. C'est l'adulte qui abuse de la confiance de l'enfant qui est fautif. Il faut éviter de détruire la capacité de l'enfant à faire confiance.

Par ailleurs, le parent avisé traitera avec discrétion une telle confidence, pour éviter des réactions inappropriées des proches qui ne contribueraient qu'à dramatiser l'incident et à créer chez l'enfant le sentiment d'être désormais *différent*.

Enfin, beaucoup d'enfants ne parleront pas de leur expérience et, même dans un contexte d'excellente communication, les parents pourraient ne jamais savoir qu'on a abusé de leur enfant…

C'est pourquoi il faut raconter des histoires comme celle de Dominique aux enfants. Si pareille mésaventure leur arrive, ils se sentiront moins seuls et sauront qu'il est possible de s'en sortir.

Jean Gervais, Ph. D.

NOTE

Toute personne ayant des commentaires, remarques ou suggestions à transmettre à l'auteur de ce livre peut lui écrire à l'adresse suivante:

Jean Gervais
a/s Éditions du Boréal
4447, rue Saint-Denis
Montréal (Québec)
H2J 2L2

REMERCIEMENTS

L'auteur remercie les personnes qui ont contribué, par leurs conseils et leur expertise, à la rédaction de ce livre, notamment mesdames Audette Sylvestre, Minh Trinh (documentaliste à l'Université de Montréal), Murielle Riou et Lyse Desmarais.

L'illustratrice remercie pour leur collaboration madame Manon Lussierd et monsieur Jean Bouchard, ainsi que ses modèles, madame Lyne Rancourt et monsieur Marc Castilloux, Martin Giroux et Simon Sauvé.

L'auteur

Jean Gervais est né à Montréal. Après une vingtaine d'années de travail clinique auprès des enfants, il termine des études doctorales et est professeur en psychoéducation à l'Université du Québec à Hull. Spécialisé en psychologie de l'enfant et en psychothérapie, il partage son temps entre des activités d'enseignement et de recherche sur les difficultés que vivent les enfants. Il allie son talent naturel de conteur et son amour des enfants à ses préoccupations professionnelles.

Outre des articles parus dans des revues spécialisées, l'auteur a également publié un livre pour les jeunes : *C'est dur d'être un enfant.*

L'Étrange Voisin de Dominique est le deuxième livre de Jean Gervais dans la collection « Dominique ».

L'illustratrice

Claudette Castilloux est diplômée en graphisme de l'Université Laval et elle a enseigné les arts plastiques aux élèves du primaire. Depuis 1977, elle a collaboré à divers périodiques en plus d'illustrer des manuels scolaires ou des livres pour enfants et de créer des affiches. Elle fait aussi de l'illustration assistée par ordinateur.

Les Éditions du Boréal
4447, rue Saint-Denis
Montréal (Québec) H2J 2L2
www.editionsboreal.qc.ca

CE TROISIÈME TIRAGE A ÉTÉ ACHEVÉ D'IMPRIMER EN JUIN 2000
SUR LES PRESSES DE L'IMPRIMERIE AGMV MARQUIS
À CAP-SAINT-IGNACE (QUÉBEC).